あんみんガッパの
パジャマやさん

作 柏葉 幸子　絵 そが まい

ふしぎなパジャマやさんが、えびす町《ちょう》ぎんざにあります。
えびす町《ちょう》ぎんざは、アーケードのある商店街《しょうてんがい》です。
パジャマやさんには、名前《なまえ》もかんばんもありません。
あんみんガッパの店《みせ》、とよばれています。
あんみんガッパのパジャマをきてねむると、とてもよくねむれるというのです。
ある人《ひと》は、
「アーケードの南《みなみ》がわから入《はい》って、左《ひだり》から四、五けんめだった」
といいます。

ある人《ひと》は、
「北《きた》がわから入《はい》った、お茶《ちゃ》やさんとくつやさんのあいだにあった」
というのです。
あんみんガッパの店《みせ》は、どこにあるのかわかりません。
でも、たしかにあるのです。
入《い》り口《ぐち》は、カッパが大《おお》きなあくびをしている形《かたち》です。
いちどみたら、わすれっこありません。

モヨちゃんは、うんがいいみたい。

いいえ、うんがわるいのかもしれません。

あんみんガッパの店《みせ》をみつけてしまいました。

家族《かぞく》でえびす町《ちょう》ぎんざのイタリアンのお店《みせ》に食事《しょくじ》をしにきました。

でも、まんいんでした。

「三十分《ぷん》まちですって」

お母《かあ》さんは、店《みせ》のそとのいすにすわりこみます。

モヨちゃんは、そのあいだに本《ほん》やさんをちょっとのぞいて、もどろうとしました。

「なに、これ？」

モヨちゃんの口《くち》は大《おお》きくあいてしまいます。

こんな店《みせ》、さっき本《ほん》やさんへいくときはありませんでした。
みどり色《いろ》のカッパが大《おお》きな口《くち》をあけています。

BAG

なにを売《う》っている店《みせ》なのか、口《くち》の中《なか》はうすぐらくてわかりません。
かんばんもないのです。
こんなにへんな店《みせ》なのに、まわりの人《ひと》はだれもふりむきもしません。
おしゃべりしながら、とおりすぎていくだけです。
たちどまっているのは、モヨちゃんだけです。
モヨちゃんは、店《みせ》の中《なか》をのぞいてみたくてたまりません。
でも、中《なか》へ入《はい》ったとたん、カッパの口《くち》がパクンととじてしまうような気《き》もします。

「ピスピス、みてごらんよ。これは、あんみんガッパの店《みせ》じゃないかね」

モヨちゃんのうしろで声《こえ》がします。

ふりむいたモヨちゃんの口《くち》は、ますます大《おお》きくあいてしまいました。

魔《ま》女《じょ》です。

とんがりぼうしに黒《くろ》いマントの魔《ま》女《じょ》が、ほうきにのってういています。

なのに、やっぱりだれもふりむきもしません。

ほうきにのってういている魔女《まじょ》を、よけてとおっていくのにです。

「ほんとにあったんだね」

ピスピスとよばれた黒《くろ》ねこが、魔《ま》女《じょ》のマントのポケットからかおをだしました。

「ここのパジャマをきてねむると、よーくねむれるそうじゃないか」

魔女《まじょ》は、この店《みせ》のことをしっているようです。

「グズグズ、やめなよ。のろいのパジャマだっていううわさもあるよ」

黒《くろ》ねこは、首《くび》をふっています。

魔女《まじょ》は、グズグズという名前《なまえ》のようです。

「うわさだろ。それに、わたしゃ魔女《まじょ》だよ」

グズグズは、のろいなんかこわくないと首《くび》をふりました。

「用心《ようじん》したほうがいいよ」

ピスピスは、心配《しんぱい》そうです。

「あんみんガッパのパジャマを手《て》にいれたら、みんな、うらやましがるよ」

グズグズは、どうしてもパジャマがほしいようです。
グズグズのほうきは、もう店《みせ》へむかってうごきだしています。
モヨちゃんも、ほうきにひきずられるように、店《みせ》の中《なか》へ入《はい》っていきました。
カッパの口《くち》がパクンととじます。まっくらです。

モヨちゃんは、ひめいをあげそうになりました。

でも、すぐ明《あ》かりがともりました。

その明《あ》かりが、ゆらゆらとちかづいてきます。

ちょうちんあんこうです。

水《みず》もないのに、ちょうちんあんこうが、ちゅうにういているのです。

ちょうちんあんこうの明《あ》かりは、大《おお》きなかがみとその前《まえ》のまるい台《だい》をてらします。

ベシャン、ベシャンという音《おと》もきこえてきます。

なにかの足音《あしおと》のようだとおもったとき、明《あ》かりの下《した》にカッパがすがたをあらわしました。

こけだらけの大《おお》きなこうらがおもいのか、こしがまがっています。ぬめぬめとした体《からだ》は、赤黒《あかぐろ》く光《ひか》っています。まばらなかみの毛《け》の下《した》にのぞく大《おお》きな目《め》は血走《ちばし》って、ぎらぎらしています。

あたまのおさらは、ひびわれてかさかさにみえます。

カッパがすがたをあらわしたとたん、なまぐさいにおいがあたりにただよいました。

カッパは首《くび》にメジャーをかけて、手首《てくび》に、はりやまのバンドをつけています。

「あんみんガッパともうします。いらっしゃいませ」

あんみんガッパは、水《みず》かきのある手《て》で、もみ手《て》をしてみせました。

「パジャマをたのむよ。このごろ、よくねむれなくってさ」

魔《ま》女《じょ》のグズグズが、そういうと、

「グズグズったら、じぶんのいびきにおどろいて、とびおきるんだよ」

と、黒《くろ》ねこのピスピスが口《くち》をだします。

「よけいなことをいうんじゃないよ」

「きのうの夜《よる》なんて、
五回《かい》もおきたじゃないか」

グズグズとピスピスは、
口《くち》げんかをはじめます。

「おまかせください。よーくねむれるパジャマをおつくりします」

あんみんガッパは、グズグズを台《だい》の上《うえ》にたたせました。

「ぬのやデザインはどういたしましょう？　おこのみはございますか」

「まかせるよ」

グズグズは、かたをすくめます。

「かわいいのがいいよ」

ピスピスがいいました。

「こちらなど、いかがでしょう」

あんみんガッパが、かがみをゆびさしました。

かがみの中《なか》に、黄色《きいろ》いパジャマをきたグズグズがいました。
おなじ色《いろ》のターバンで、もしゃもしゃしたかみをまとめています。
もこもこのタオル地《じ》のパジャマをきたグズグズは、ひよこのおばけのようです。

「いいねぇ。それでたのむよ」

「かわいい！　グズグズ、べつ魔女《まじょ》みたいだよ」

グズグズもピスピスもきにいったようです。

グズグズだけのパジャマをつくるところです。

オーダーメードというやつです。

それもパジャマのです。

モヨちゃんは、おどろいてしまいました。

「それでは、りょううでをあげていただけますか？」

あんみんガッパは、どこからかふみ台《だい》をもってきました。

首《くび》のメジャーをとったあんみんガッパは、ふみ台《だい》にのりました。

グズグズの体《からだ》のすんぽうを、はかるところです。

こしがまがっているあんみんガッパは、ふみ台《だい》にのらないと、グズグズのかたのあたりにはとどかないのです。

あんみんガッパは、メジャーのはしを、グズグズのえりのあたりにピンでとめました。

そして、ふみ台《だい》からとびおりました。

グズグズのせたけをはかるところです。

モヨちゃんは、グズグズのかたにピスピスがのっているのに、気《き》がつきました。

ピスピスは、ピンでとめたメジャーのはしをこっそりうごかして、ほんのすこしとめなおします。

ほんとにすこしです。
きっと、一ミリか二ミリでしょう。
モヨちゃんは、ピスピスがどうしてそんなことをするのか、わかりません。
あんみんガッパは、
「おまかせください。お体《からだ》にぴったりのパジャマができあがりますよ」
と、グズグズのすんぽうをはかりながら、ひひっとわらっています。
モヨちゃんには、そのわらい声《ごえ》が、きみのわるいものにきこえました。

そして、さっきピスピスのしたことが、わかったような気《き》がしました。

やっぱり、のろいのパジャマなのです。

ピスピスが、メジャーをうごかしたことで、ぴったりのパジャマではなくなるのです。

ぴったりではなくしたことで、のろいをはねかえそうとしたのです。


「それじゃ、たのんだよ」

グズグズは、ほうきにまたがりました。

「パジャマはのちほどおとどけいたします。おだいは……」

あんみんガッパは、もみ手《て》をしながら、グズグズをうかがいみました。

「しってるともさ。そのパジャマをきてねたときにみた夢《ゆめ》を、さしだせばいいんだろ」

グズグズをのせたほうきは、うごきだしています。

店《みせ》の入《い》り口《ぐち》はあいています。

「ありがとうございました」

あんみんガッパは、まがったこしをもっとまげておじぎをします。

おじぎをしたまま、

「きっと、みみずでもつつきまわす、たのしい夢《ゆめ》をみられますとも」

あんみんガッパは、またひひっとわらいました。

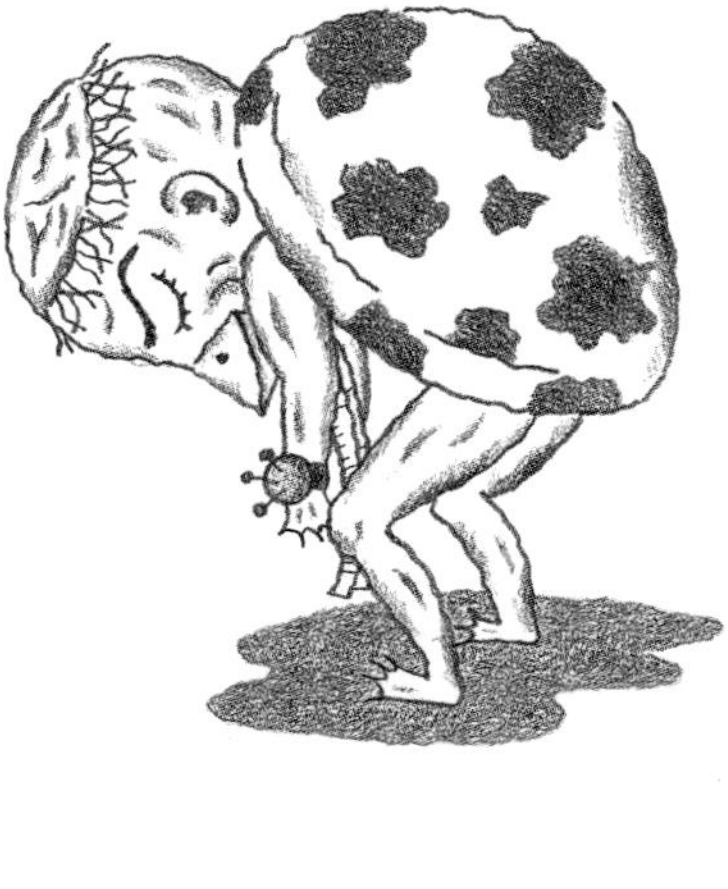

その声《こえ》は、店《みせ》をでていくグズグズにはきこえていません。

でも、モヨちゃんにはきこえました。

みみずをつつきまわす夢《ゆめ》が、たのしい夢《ゆめ》でしょうか。

わたしだったら、そんな夢《ゆめ》はいやだなぁ。かおをしかめたモヨちゃんの前《まえ》に、

「おや、おきゃくさまが、まだいらしたんですね」

いつのまにか、あんみんガッパがたっていました。

グズグズといっしょに、店《みせ》をでるべきでした。

どうして、ぼんやりたっていたりしたのでしょう。

にげだしたくても、あんみんガッパは、モヨちゃんの目《め》の前《まえ》にいるのです。


「お、おきゃくさんじゃありません」

モヨちゃんは、こわくてたまりません。

「でも、店《みせ》にいらっしゃるからには、おきゃくさまです」

あんみんガッパは、もみ手《て》をしてみせます。

「パ、パジャマはもっています」

「このあんみんガッパのパジャマがいらないとおっしゃる？」

ぎろぎろした目《め》が、モヨちゃんをにらみます。

「お、お金《かね》をもってないし……」

「おだいは、夢《ゆめ》をいただくことになっています」

さっき、きいたろうと、あんみんガッパがにやりとわらいます。

「お母《かあ》さんに、あたらしいパジャマなんかみつかったら、しかられます」

「こっそりきてねむればいいんですよ」

なにをいっても、むだです。

あんみんガッパは、モヨちゃんの手《て》をとって、台《だい》にたたせました。

あんみんガッパのぬめぬめした手《て》がきもちわるくて、
モヨちゃんはなきそうです。

「ぬのやデザインに、おこのみはございますか？」

モヨちゃんは、はやくここをでたいだけです。

どうでもいいといおうとして、

「ひよこみたいなのは、いやです」

モヨちゃんは、やっとそういえました。

みみずをつつきまわすのはいやでした。

「それでは、こんなかんじでいかがでしょう」

あんみんガッパは、メジャーをつかみながらかがみをみます。なみだでうるんだモヨちゃんの目《め》には、かがみの中《なか》に、ぼーっと白《しろ》いものがみえるだけです。

「さあ、りょううでをあげてくださいますか」

あんみんガッパは、モヨちゃんのすんぽうをはかりだします。

「お体《からだ》にぴったりのパジャマができあがりますよ」

あんみんガッパは、ひひっとわらいます。

そのわらい声《ごえ》にふるえあがりながら、モヨちゃんは、ピスピスがしたことをおもいだしていました。

ぴったりのパジャマじゃなくするのです。
ほんのすこしずらさなきゃと、おもいます。
でも、グズグズのときのように、あんみんガッパは、ふみ台《だい》もピンもつかいません。
こまったモヨちゃんは、ほんのすこしひじをまげました。
ほんのすこしです。
でも、これで、ぴったりではなくなったはずです。

これでいいかもしれないと、モヨちゃんは、すこし安心《あんしん》しました。

「それでは、あとでおとどけいたします」

あんみんガッパがそういったとたん、店《みせ》の入《い》り口《ぐち》があきました。

モヨちゃんは、ころがるように店《みせ》のそとへかけだします。

明《あか》るいアーケードの中《なか》で、

「こわかった」

と、なみだをぬぐいました。

こわごわふりむくと、あんみんガッパの店《みせ》はありません。

おべんとうやさんときっさ店《てん》があるだけです。

ぼんやりしてしまったモヨちゃんは、ぼんやりとピザを食《た》べました。
ぼんやり家《いえ》へかえって、ぼんやりおふろに入《はい》りました。
いつもの水玉《みずたま》もようのパジャマをきて、お父《とう》さんとお母《かあ》さんに、
「おやすみなさい」
をいって、じぶんのへやへもどったら、ありました。
ピンクのふくろが、モヨちゃんのベッドにのっています。
赤《あか》いリボンと、「あんみんガッパの店《みせ》」というタグもついています。
パジャマです。

このままふくろごとすててしまったほうがいいように、おもいます。
でも、さっき店《みせ》のかがみにうつったパジャマは、なみだでかすんで
よくみえませんでした。
白《しろ》いパジャマだったことは、おぼえています。
黄色《きいろ》いパジャマをきたグズグズは、
かわいくみえました。
モヨちゃんのパジャマは、どんな
パジャマでしょう。
ふくろの中《なか》を、みてからすてても
いいような気《き》もします。
モヨちゃんは、リボンをほどいていました。

できたのは、白《しろ》いねこのきぐるみみたいなパジャマです。
耳《みみ》とかたとしっぽに、いろとりどりのブーケのもようがついています。
かわいい！
モヨちゃんは、きてみたくてたまりません。
きてみてから、すてればいいのです。
パジャマのあごの下《した》からおなかにかけて、ファスナーがついています。
モヨちゃんは、ファスナーをさげました。
きぐるみパジャマをきて、耳《みみ》のついたフードをかぶります。
パジャマのどこもかしこも、モヨちゃんにすいついてきます。

かがみにうつすと、白《しろ》いねこになったようです。
かわいいったらありません。
お母《かあ》さんにみせたくてたまりません。
りょう手《て》をむねの前《まえ》にたらして「ニャーン」なんて、ないてみます。
ひょいと、ひととびでつくえへとびあがることができます。
ほんもののねこになったみたいです。
モヨちゃんは、つくえからたなの上《うえ》へとびあがります。
たのしくてたまりません。
へやじゅうをとびまわっていたモヨちゃんは、いつのまにかゆかで
ころんとねむっていました。

モヨちゃんは、夢《ゆめ》をみています。
白《しろ》いねこになっています。
花畑《はなばたけ》の中《なか》をいっしょうけんめい、
にげています。
むちのさきのようなつるが、
おいかけてくるのです。
「たすけて！　だれかたすけて！」
ひめいをあげても、
だれもたすけてくれません。

とうとう、しっぽがつるにつかまってしまいます。

つるは、しっぽにからみつくと、ぽっ、ぽっと花《はな》をさかせます。

そして、すごいちからで、モヨちゃんねこをひっぱります。

「はなして！　はなして！」

モヨちゃんも、つなひきみたいにしっぽをひいて、ひきずられまいとします。

それでも、モヨちゃんは、花畑《はなばたけ》の中《なか》をひきずられていきます。
いろとりどりの花《はな》びらが、水《みず》しぶきのようにとびちります。
とおくからみたら、きれいなふうけいでしょう。
でも、モヨちゃんは、こわくてたまりません。
ちがうつるものびてきて、モヨちゃんのかたや耳《みみ》にからまります。

花畑《はなばたけ》のまんなかに、まっくろいあなが口《くち》をあけています。

モヨちゃんは、そこへひきずられているのです。

モヨちゃんの目《め》は、もうなみだでぐしょぐしょです。

どうして、こんな夢《ゆめ》をみるのでしょう。

夢《ゆめ》だということはわかっています。

そうだ、パジャマをぬげばいいんだとおもいます。

しっぽは、どんなにひっぱっても、ちぎれようともしません。

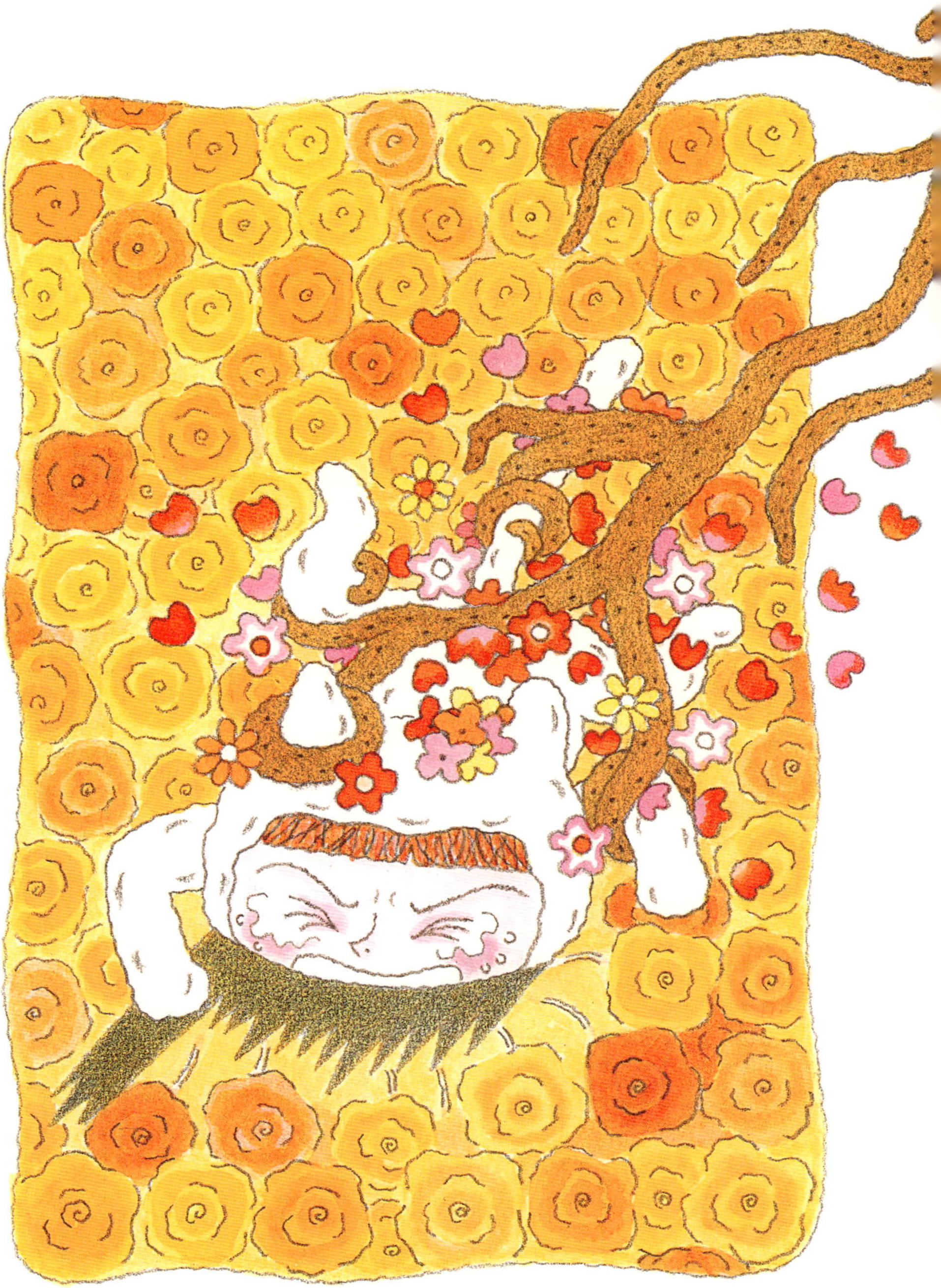

あごの下《した》のファスナーに手《て》をかけますが、ねこの手《て》ではうまくつかめません。

パジャマは、体《からだ》にぴったりはりついているようです。

でも、ぴったりじゃないはずです。

ほんのすこし、そでのながさがちがっているはずです。

モヨちゃんは、ねこの右手《みぎて》で左《ひだり》のそでをひっかいていいました。

そのとたん、モヨちゃんの手《て》が、ひょいとパジャマからとびだしました。

「チィ！」

だれかが、したうちをする音《おと》もきこえました。

モヨちゃんは、夢《ゆめ》からさめたのです。


なまぐさいような、いやなにおいがただよっています。

モヨちゃんの足《あし》もとに、あんみんガッパがいます。

「あ、ああ！」

モヨちゃんは、おどろいてベッドにとびあがっていました。

「グズグズのところでも、しっぱいした。どうしてだ？」

あんみんガッパは、水《みず》かきのある足《あし》をベシャンとふみならします。

魔女《まじょ》のグズグズも、夢《ゆめ》のとちゅうで目《め》がさめたようです。

ピスピスが、のろいをはねかえしたおかげです。

「やっぱり、のろいのパジャマだったんだ」

モヨちゃんは、あんみんガッパからはなれようと、ベッドの上《うえ》をあとずさりします。

「これ、かえす！」

モヨちゃんは、パジャマをぬごうとしました。

「いらんわい」

あんみんガッパは、しょぼんとうなだれて、へやのかべにかた足《あし》をいれました。

あんみんガッパは、かべをとおりぬけられるようです。

うなだれたあんみんガッパは、あつくついたこけで、こうらがますますおもそうにみえます。

「どうして、こんなことするの?」

モヨちゃんは、きいていました。

「ねむれんのだ。なん百年《ねん》とねむっておらん」

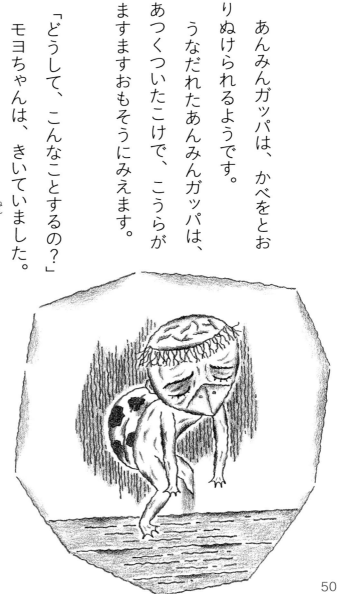

あんみんガッパは、うなだれたままそういいました。

「どうして？」

「わからん。ヒマラヤにさくねむり草《ぐさ》もためした。魔女《まじょ》のじゅもんもためしたし、にんげんの医者《いしゃ》にもいった。まくらも、ベッドもなんどもかえた。しずかなところへひっこしもした」

あれもこれもだめだったと、あんみんガッパは水《みず》かきのあるゆびをおります。

「ぐっすりねむってみたい！　たのしい夢《ゆめ》をみてみたい！」

あんみんガッパは、大《おお》きなためいきをつきました。

「だから、のろいのパジャマやさんをしてるの？」

「ぐっすりねむれるやつでも、こわい夢《ゆめ》しかみることができないと思《おも》うと、安心《あんしん》する」

あんみんガッパはざまあみろというように、ひひっとわらいました。

「かわいそう」

モヨちゃんは、そうつぶやいていました。

「う、うるさいわい」

あんみんガッパは、こうらのはんぶんまでかべのむこうへのりだします。

「どうしてねむれないのかな？」

モヨちゃんは、首《くび》をかしげました。

モヨちゃんは、あんみんガッパがこわくてきもちわるいのです。ほんとうは、はやく、へやをでていってもらいたいのです。

でも、かわいそうなのです。

「どうしてだと思《おも》う？」

あんみんガッパが、かおをふりむけます。

モヨちゃんは、いつもはたのしい夢《ゆめ》をみて、よくねむれていると思《おも》います。

「おふろに入《はい》ってる？　せいけつにしてねむらなきゃ」

モヨちゃんは、あんみんガッパは、へんなにおいがすると思《おも》います。

こうらにも、へんな色《いろ》のこけがはえています。

「おお、そうか!」

あんみんガッパはもう、モヨちゃんのへやにもどっていました。

モヨちゃんのベッドのとなりに、ゆげのたつおゆをはったおふろが、でてきました。

白《しろ》いほうろうの四本足《ほんあし》のあるおふろで、シャワーもついています。

あんみんガッパは、そのおふろへとびこみました。

ボディブラシでごしごしこすります。

いいかおりのする、白《しろ》いあわがふわふわたちます。

シャ
ボディ

「てつだえ！」

モヨちゃんは、ブラシであんみんガッパのこうらのこけをはがします。シャワーをあびたあんみんガッパのあたまのおさらは、水《みず》がたっぷりです。

まっ白《しろ》のタオルで、あんみんガッパは、きもちよさそうに体《からだ》をふきました。

「あらいたてのパジャマをきて」

モヨちゃんがそういっても、あんみんガッパは、

「そんなもの、ない」

と、首《くび》をふります。

「パジャマやさんでしょ。つくったらいいのに」

「てつだえ！」

あんみんガッパは、またそういいました。

モヨちゃんは、あんみんガッパの体《からだ》のすんぽうをはかります。

「じぶんのパジャマは、どんながらがいいのかわからん」

あんみんガッパがこまっているので、モヨちゃんは、

「きゅうりのもようがいい」

と、すすめてあげました
おふろがきえて、ミシンがでてきます。

「こわい夢《ゆめ》をみないパジャマをつくってね」

モヨちゃんは、いいました。

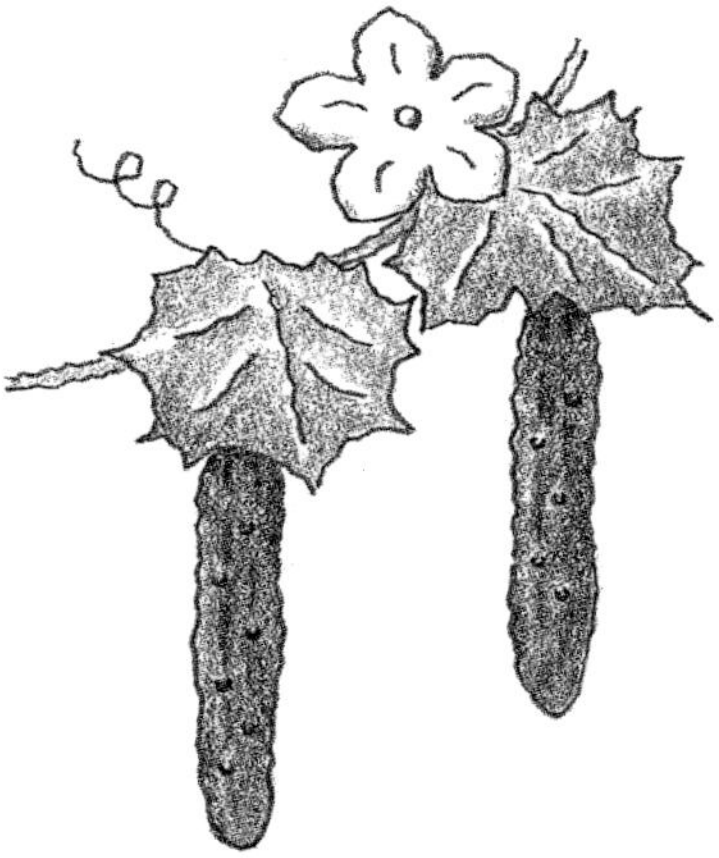

あっというまに、あんみんガッパは、パジャマをぬいおえました。

きゅうりのもようのパジャマは、あんみんガッパによくにあっています。

「あとは、こもりうたをうたってもらえばいいんだよ」

モヨちゃんは、ねむれないときは、お母《かあ》さんにこもりうたをうたってもらうのです。

「絵本《えほん》をよんでもらうのもいいんだよ」

あんみんガッパは、

「だれにうたったり、よんだりしてもらえばいいんだ？」

と、ききます。

「かぞくにたのんだら？」

「わしは、ひとりぼっちだ」

あんみんガッパは、またうなだれてしまいました。

「わたしがうたってあげる」

モヨちゃんは、そういっていいました。

「うたってみろ」

あんみんガッパは、ゆかにすわりこみました。
モヨちゃんは、しっているこもりうたをぜんぶうたってあげました。
うたいおわると、またさいしょからくりかえします。
あんみんガッパのあたまは、ゆっくりとたれていきます。
いつのまにか、せなかのこうらだけのようになって、ゆっくりいきをしています。
あんみんガッパは、ねいきをたてている大《おお》きな石《いし》みたいにみえました。
そして、ゆっくりモヨちゃんのへやからきえていったのです。
それから、モヨちゃんはあんみんガッパに、あうことはありませんでした。

えびす町《ちょう》ぎんざの中《なか》に、ふしぎなパジャマやさんがあります。
そこのパジャマをきてねむると、ぐっすりねむれるそうです。
あんみんガッパの店《みせ》、とよばれています。
とってもかわったパジャマやさん。
パジャマのおだいは、おきゃくさんがうたうこもりうた。
絵本《えほん》をよんであげてもいいそうです。

「おい、ここは、あんみんガッパの店《みせ》だぞ」

二本《ほん》づの赤《あか》おにが、あんみんガッパの店《みせ》をみつけたようです。

「やめたほうがいい」

一本《ぽん》づの青《あお》おにが首《くび》をふります。

「どうしてだ。ここのパジャマをきてねむると、ぐっすりねむれるそうだぞ」

赤《あか》おにには、パジャマがほしいようです。

「だいきんのかわりは、こもりうただそうじゃないか」

青《あお》おにには、こわいかおをますますしかめています。

「おれはこもりうたは、とくいだぞ」

赤《あか》おにには、こもりうたをうたいながら店《みせ》へ入《はい》っていきます。

「やめておけ」

青《あお》おには、すぐさま耳《みみ》をおさえています。

青《あお》おにが、やめたほうがいいといったのもわかります。

赤《あか》おには、ものすごいおんちなのです。

かわいそうに、あんみんガッパは、またねむれないかもしれません。

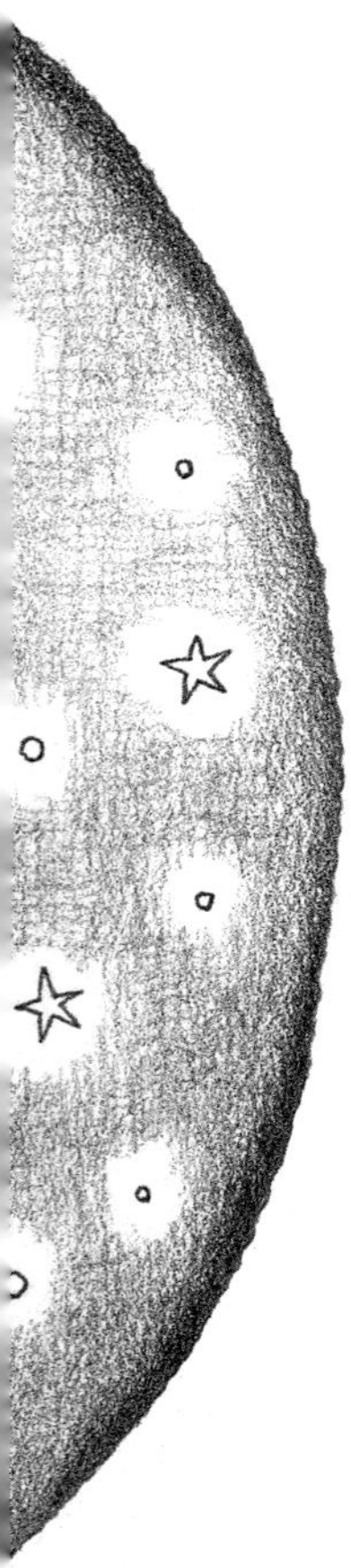

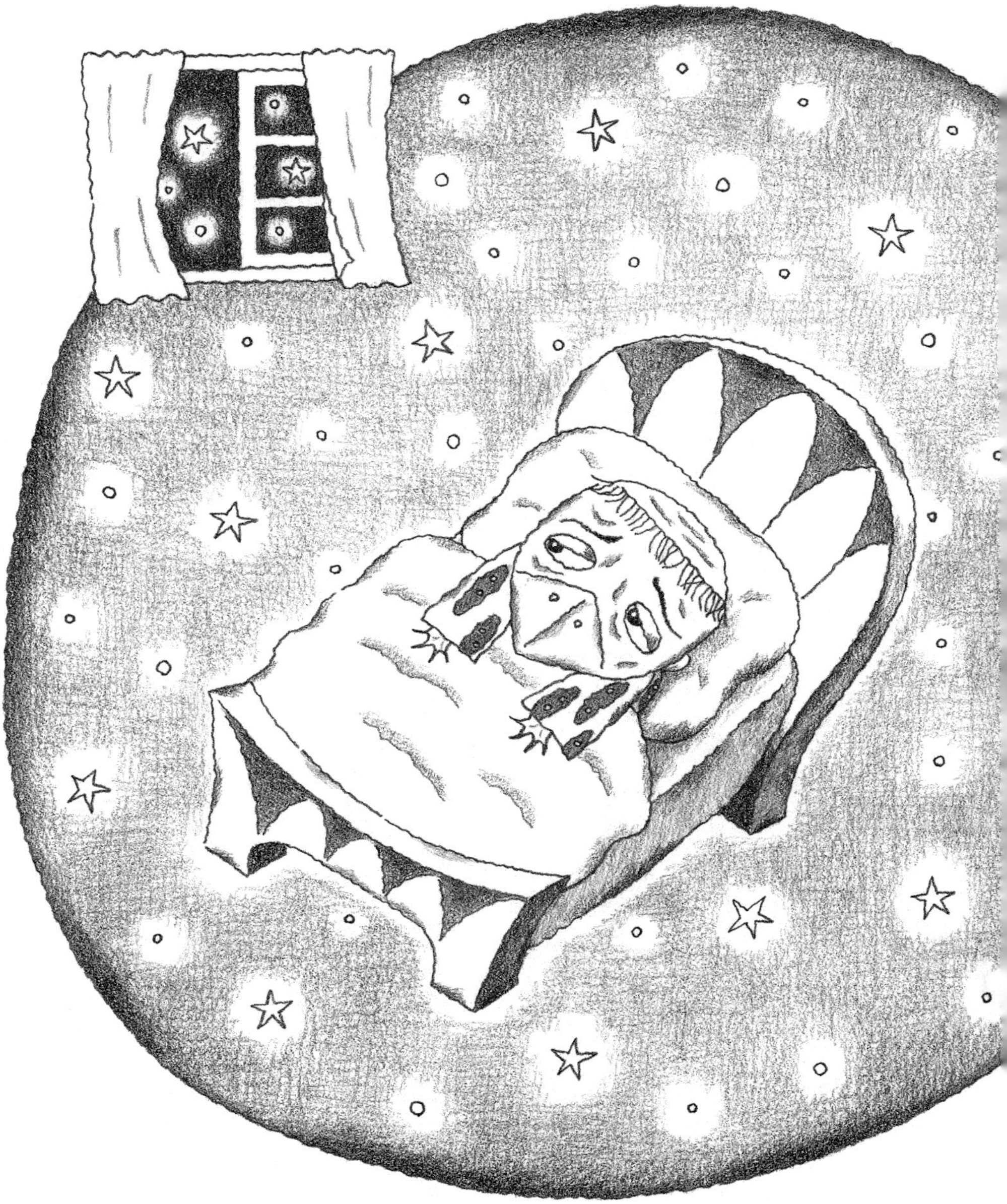

作／柏葉 幸子（かしわば さちこ）

1953年、岩手県生まれ。

『霧のむこうのふしぎな町』（講談社）で、第15回講談社児童文学新人賞、第9回日本児童文学者協会新人賞受賞。『ミラクル・ファミリー』（講談社）で、第45回産経児童出版文化賞フジテレビ賞受賞。『牡丹さんの不思議な毎日』（あかね書房）で、第54回産経児童出版文化賞大賞受賞。『つづきの図書館』（講談社）で、第59回小学館児童出版文化賞受賞。『岬のマヨイガ』（講談社）で、第54回野間児童文芸賞受賞。ほかに『帰命寺横丁の夏』『王様に恋した魔女』『涙倉の夢』（すべて講談社）、「モンスター・ホテル」シリーズ（小峰書店）、『遠野物語』（偕成社）、『竜が呼んだ娘』『竜が呼んだ娘 やみ倉の竜』（朝日学生新聞社）など著書多数。

絵／そが まい

岐阜県生まれ。

三重大学教育学部美術科にて絵を学ぶ。高校教員を経て、絵本や挿絵などの創作活動に入る。主な絵本に『パンタのパンの木』『オオカミのクリスマス』（小峰書店）、挿絵に『風になった忍者』（あかね書房）、『かえだま』（朝日学生新聞社）、『おれがあいつであいつがおれで』（童話館出版）などがある。

あんみんガッパのパジャマやさん

2018年2月6日　初版第1刷発行

作：柏葉 幸子
絵：そが まい

発行者：塚原伸郎
発行所：株式会社 小学館　〒101-8001 東京都千代田区一ツ橋2-3-1
TEL 03-3230-5432（編集）　TEL 03-5281-3555（販売）

印刷：NISSHA株式会社　製本：株式会社若林製本工場

デザイン：齊木幸代　編集：津山晃子（小学館）

ISBN978-4-09-289760-1

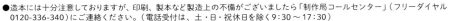